5 Minute
Summer Stories
IN BRAZILIAN PORTUGUESE
& ENGLISH

WRITTEN & TRANSLATED BY
LUIZ FERNANDO PETERS

5 Minute Summer Stories in Brazilian Portuguese and English

This book belongs to

_____

- - - - - - - - - - - - - - - - -

━━━━━━━━━━━━━━━━━━━

Table of Contents

Tommy and The Apples

Tommy e as maçãs

On a hot July day, one of those where you could fry an egg on the sidewalk, Tommy was getting that restless itch that twelve-year-olds get when school's out and the whole neighborhood feels like a playground. Mrs. Abernathy, who lived at the end of the street, had the biggest backyard around, complete with a legendary rose garden and a towering apple tree that was rumored among the local kids to bear the sweetest fruit. Despite her strict warnings to stay away, curiosity and the call of adventure were too much for Tommy. With a devilish grin to his hesitant friends, he hopped her fence, landing with a soft thud on sacred ground. His friends all scattered.

Em um dia quente de julho, daqueles em que você poderia fritar um ovo

na calçada, Tommy sentia aquela coceira inquieta típica de garotos de doze anos quando as aulas acabam e todo o bairro parece um parquinho. A Sra. Abernathy, que morava no final da rua, tinha o maior quintal da região, incluindo um lendário jardim de rosas e uma imponente macieira que, segundo rumores entre as crianças locais, dava os frutos mais doces. Apesar de suas rígidas advertências para manter distância, a curiosidade e a vontade de aventura foram demais para Tommy. Com um sorriso travesso para seus amigos hesitantes, ele pulou a cerca dela, pousando com um baque suave em solo sagrado. Seus amigos dispersaram.

The tree was giant, and as Tommy climbed, a branch under him snapped—a loud crack that split the sleepy afternoon wide open. Like a guard dog, Mrs. Abernathy burst from her house, infuriated. She caught Tommy red-handed, a few stolen apples clutched in his shirt. Caught in the act, his heart thumping against his ribcage.

A árvore era gigante, e enquanto Tommy escalava, um galho abaixo dele estalou — um estrondo alto que rasgou a tarde sonolenta. Como um cão de guarda, a Sra. Abernathy irrompeu de sua casa, furiosa. Ela pegou Tommy em flagrante, com algumas maçãs roubadas apertadas em sua camisa. Seu coração batia forte contra o peito.

"Tommy, right? Jim's boy?" she demanded, as he slid down the tree, his face flushed with more than the summer heat. He nodded, muttering apologies, his eyes darting towards the fence and freedom. But Mrs. Abernathy wasn't chasing him away—not just yet. Instead, her voice softened a touch as she eyed him, perhaps remembering her own childhood misdemeanors. "You like apples, huh? Well, you're going to learn how to take care of them," she declared, setting the terms of his summer penance.

"Tommy, certo? O filho do Jim?" Ela perguntou, enquanto ele descia da árvore, seu rosto completamente vermelho de vergonha. Ele assentiu, murmurando desculpas, seus olhos mirando a cerca e a liberdade.

Mas a Sra. Abernathy não estava expulsando-o – ainda não. Em vez disso, sua voz amaciou um pouco enquanto ela o observava, talvez lembrando-se de suas próprias travessuras de infância. "Você gosta de maçãs, hein? Bem, você vai aprender a cuidar delas", ela declarou, estabelecendo os termos de sua punição de verão.

So began an unusual friendship. Day after day, under the hot sun, Tommy worked in her garden, his punishment turning into a curious sort of privilege. Mrs. Abernathy, stern yet fair, shared not only her gardening wisdom but tales of her own life adventures. As summer waned, Tommy found himself transformed. He had entered the season a mischievous boy and emerged with knowledge and understanding, nurtured by the fertile soil and wisdom of Mrs. Abernathy's and her garden.

Assim começou uma amizade incomum. Dia após dia, sob o sol quente, Tommy trabalhava em seu jardim, sua punição se transformando em um tipo curioso de privilégio. A Sra. Abernathy, severa, porém justa, compartilhou não apenas sua sabedoria em jardinagem, mas também histórias de suas próprias aventuras de vida. À medida que o verão minguava, Tommy se via transformado. Ele havia entrado na estação como um menino travesso e emergiu com conhecimento e entendimento, nutrido pelo solo fértil e pela sabedoria do jardim da Sra. Abernathy.

A Summer Camp Ghost

Um fantasma no acampamento de verão

On the nights at summer camp Whispering Pines, the campfire crackled and popped, sending sparks dancing into the starlit sky. That particular night, Fourteen-year-old Lucas sat wrapped in a blanket, his eyes reflecting the flames. Around him, other campers swapped ghost stories and laughed, but Lucas felt adventurous. Earlier that day, he'd overheard counselors talking about an abandoned cabin hidden deep in the woods—supposedly haunted. As the stories grew wilder and the night deepened, Lucas whispered a plan to his bunkmates. With a mix of fear and excitement, they agreed to sneak away and find the cabin.

Durante as noites no acampamento de verão Salgueiro Verde, a fogueira estalava e pipocava, lançando faíscas dançantes para o céu estrelado. Naquela noite em particular, Lucas, de quatorze anos, sentava enrolado em um cobertor, seus olhos refletindo as chamas. Ao seu redor, outros adolescentes trocavam histórias de fantasmas e riam, mas Lucas se sentia aventureiro. Mais cedo naquele dia, ele ouviu os adultos falando sobre uma cabana abandonada escondida no fundo da floresta — supostamente assombrada.

À medida que as histórias se tornavam mais selvagens e a noite se aprofundava, Lucas sussurrou um plano para seus colegas de alojamento. Com uma mistura de medo e empolgação, eles concordaram em fugir e encontrar a cabana.

Armed with only flashlights and a hand-drawn map stolen from the camp office, the group crept through the underbrush, their way lit by a sliver of a crescent moon. The forest was alive with sounds—twigs snapping, leaves rustling, and distant owls hooting. Heart pounding, Lucas led the way, each step taking them further from the safety of camp and deeper into the unknown. Just as the fear nearly convinced them to turn back, they saw it: the silhouette of the cabin, eerie and silent, a looming shadow against the forest backdrop.

Armados apenas com lanternas e

um mapa desenhado à mão roubado do escritório do acampamento, o grupo se arrastou pelo mato, seu caminho iluminado por um fio de lua crescente. A floresta estava viva com sons — galhos estalando, folhas farfalhando e corujas distantes piando. Com o coração acelerado, Lucas liderava o caminho, cada passo levando o grupo mais longe da segurança do acampamento e mais fundo no desconhecido. Justo quando o medo quase os convenceu a voltar, eles a viram: a silhueta da cabana, sinistra e silenciosa, uma sombra imponente contra o pano de fundo da floresta.

The door creaked ominously as they pushed it open, dust motes swirling in the beam of their flashlights. Inside, the cabin was a time capsule of cobwebs and old furniture. Lucas' light beam landed on a dusty journal on the mantle. As he read aloud, the entries told of a former camp leader who disappeared one summer, never to be seen again. The air felt thick with the past, each page adding weight to the ghost stories they had scoffed at earlier.

A porta rangeu ameaçadoramente enquanto a empurravam para abrir, partículas de poeira girando no feixe de suas lanternas. Dentro, a cabana era uma cápsula do tempo de teias de aranha e móveis antigos. O feixe de luz de Lucas pousou em um diário empoeirado na lareira. Enquanto ele lia em voz alta, as páginas contavam sobre um antigo líder do acampamento que desapareceu um verão, para nunca mais ser visto. O ar se tornou pesado com o passado, cada página adicionando peso às histórias de fantasmas das quais eles haviam zombado mais cedo.

Already on edge, the group heard a loud noise outside, and that was enough to spur them into action. They ran back to camp as fast as they could through the forest. The night suddenly felt alive with unseen eyes watching them from the darkness. When they finally burst into the circle of firelight, out of breath and wide-eyed, their absence had gone unnoticed. They collapsed into their seats, exchanging glances that mixed fear with thrill. That night, as Lucas lay in his bunk, the forest whispers didn't sound quite so distant. He had sought a ghost and found a story—a camp legend that he would one day pass down, his own name now woven into its mystery.

Nervos à flor da pele, o grupo ouviu um barulho alto do lado de fora, e isso foi o suficiente para assustá-los. Eles correram de volta ao acampamento o mais rápido que puderam através da floresta. A noite de repente parecia viva com olhos invisíveis observando-os das sombras. Quando finalmente irromperam no círculo de luz da fogueira, sem fôlego e de olhos arregalados, sua ausência havia passado despercebida. Eles desabaram em seus assentos, trocando olhares que misturavam medo com emoção. Naquela noite, enquanto Lucas deitava em seu beliche, os sussurros da floresta não soavam tão distantes. Ele havia procurado um fantasma e encontrado uma história — uma lenda do acampamento que um dia ele passaria adiante, seu próprio nome agora entrelaçado nesse mistério.

A Day at the Beach

Um dia na praia

On a bright, sunny morning, Ellie and her family arrived at the sandy shores of their favorite beach, known for its shimmering turquoise waters and golden sand. As her parents set up a spot with beach chairs and a large umbrella, Ellie couldn't help but feel a surge of excitement. She had been looking forward to this beach day all summer, eager to explore the tide pools her friends had told her about, where colorful sea creatures could be seen.

Em uma manhã ensolarada e brilhante, Ellie e sua família chegaram às areias douradas de sua praia favorita, conhecida por suas águas turquesa cintilantes e areia dourada. Enquanto seus pais preparavam um lugar com cadeiras de praia e um grande guarda-sol,

Ellie não conseguia conter uma onda de empolgação. Ela estava ansiosa por esse dia na praia durante todo o verão, ansiosa para explorar as poças de maré que seus amigos haviam mencionado, onde criaturas marinhas coloridas podiam ser vistas.

With her sunscreen applied and her hat firmly on, Ellie headed towards the rocky part of the beach, her flip-flops slapping against the wet sand. The sea was low, revealing the hidden world of the tide pools. Bright starfish clung to the rocks, and tiny crabs scuttled under seaweed. Each pool was a miniature ecosystem, and Ellie carefully dipped her hands in the water, marveling at the cool touch of a sea cucumber and the tickle of a hermit crab's legs.

Com seu protetor solar aplicado e seu chapéu firmemente na cabeça, Ellie caminhou em direção à parte

rochosa da praia, suas sandálias chinelando contra a areia molhada. O mar estava baixo, revelando o mundo oculto das poças de maré. Estrelas-do-mar brilhantes se agarravam às rochas, e pequenos caranguejos corriam sob as algas. Cada poça era um ecossistema em miniatura, e Ellie mergulhou cuidadosamente as mãos na água, maravilhada com o toque de uma tatuíra e as cócegas que faziam suas pernas.

Her exploration was interrupted by a shout from nearby—a group of kids around her age were gathering by the shore, pointing excitedly at something in the water. Ellie rushed over, curious, and was thrilled to find a pod of dolphins playing a few yards out. The kids were using binoculars to watch the dolphins leap and spin, and they offered Ellie a turn. Through the lenses, she saw the joyful playfulness of the dolphins, their sleek bodies glistening under the morning sun.

Sua exploração foi interrompida por um grito nas proximidades — um grupo de crianças da sua idade estava se reunindo na beira da água, apontando animadamente para algo no mar. Ellie correu para lá, curiosa, e ficou emocionada ao encontrar um grupo de golfinhos brincando a poucos metros de distância. As crianças observavam os golfinhos saltar e girar através de binóculos e gentilmente ofereceram a Ellie a chance de também apreciar a vista. Pelas lentes, ela viu a brincadeira alegre dos golfinhos, seus corpos elegantes brilhando sob o sol da manhã.

The day passed in a blur of sun, sand, and sea. Ellie joined a volleyball game, helped build a massive sandcastle, and shared a picnic lunch under the umbrella with her family. As the sun began to set, casting a golden glow over everything, Ellie knew it was time to go home, and felt sad it was over. But, at the same time, she felt happy, because the beach had offered her a day of adventure, discovery, and fun, and she even made new friends. Her heart was full as she packed up with her family, the sounds of waves and laughter following them as they headed home.

O dia passou em um borrão de sol, areia e mar. Ellie participou de um jogo de vôlei, ajudou a construir um enorme castelo de areia e compartilhou um piquenique sob o guarda-sol com sua família. À medida que o sol começava a se pôr, lançando um brilho dourado em tudo, Ellie sabia que era hora de ir para casa, e sentiu tristeza por ter acabado. Mas, ao mesmo tempo, ela se sentiu feliz, porque a praia havia lhe oferecido um dia de aventura, descoberta e diversão, e ela até fez novos amigos. Seu coração estava cheio enquanto arrumava as coisas com sua família, os sons das ondas

e risadas seguindo-os enquanto se
dirigiam para casa.

Mia heads Home

Mia volta para casa

The last bell of the school year rang with a chorus of cheers and laughter, signaling the start of summer vacation. Mia was 15 now, and thought of herself as almost an adult. She gathered her things slowly, her heart swelling with relief and excitement. For months, she had been counting down the days until she could leave her boarding school and return to her hometown. The anticipation of seeing her parents again, after a long year filled with challenging classes and new experiences, was almost overwhelming.

O último sino do ano letivo tocou com um coro de aplausos e risadas, sinalizando o início das férias de verão. Mia agora tinha 15 anos e se considerava quase adulta. Ela juntou suas coisas lentamente, seu coração se enchendo de alívio e empolgação. Por meses, ela havia contado os dias até poder deixar sua escola interna e retornar à sua cidade natal. A expectativa de ver seus pais novamente era avassaladora, especialmente após um longo ano repleto de aulas desafiadoras e novas experiências.

As Mia stepped off the train, her eyes scanned the bustling crowd at the station. It took only a moment to spot her parents, standing just beyond the barrier. Her mother's bright smile and her father's waving hand trying to guide her home. The moment Mia crossed the threshold, she was enveloped in warm, comforting hugs. Her mother's familiar perfume and her father's hearty laugh filled her senses, grounding her in the reality that she was finally safe.

Quando Mia desceu do trem, seus

olhos vasculharam a multidão na estação. Levou apenas um momento para avistar seus pais, parados logo além da barreira. O sorriso brilhante de sua mãe e a mão acenando de seu pai tentando guiá-la para casa. No momento em que Mia cruzou o limiar, ela foi envolvida em abraços quentes e reconfortantes. O perfume familiar de sua mãe e a risada calorosa de seu pai preencheram seus sentidos, ancorando-a na realidade de que ela estava finalmente segura.

The drive back was filled with animated conversation, with Mia sharing stories of school projects and drama club performances, while her parents updated her on neighborhood news and family events. Each story, each shared laugh, wove the threads of their separate experiences back together, tightening the bonds that distance had loosened.

A viagem de volta foi preenchida com conversas animadas, com Mia compartilhando histórias de projetos escolares e performances do clube de teatro, enquanto seus pais a atualizavam sobre notícias do bairro e eventos familiares. Cada história, cada risada compartilhada, tecia os fios de suas experiências separadas novamente, apertando os laços que a distância havia afrouxado.

That evening, they celebrated her return with a backyard barbecue, the golden hues of the setting sun painting a perfect picture of her first night back. As Mia sat between her parents, listening to them banter and joke, a sense of peace settled over her. The familiar sights and sounds of home, the gentle touch of her mother's hand on her back, and her father's proud gaze—it all reminded Mia that no matter how far she went or how much time passed, this place and these people would always be her anchor, her endless summer.

Naquela noite, eles comemoraram seu retorno com um churrasco no quintal, os tons dourados do sol poente pintando uma imagem perfeita de sua primeira noite de volta. Enquanto Mia se sentava entre seus pais, ouvindo-os brincar e piar, um sentimento de paz a envolvia. As vistas e sons familiares de casa, o toque gentil da mão de sua mãe em suas costas e o olhar orgulhoso de seu pai — tudo isso lembrava Mia que, não importa o quanto ela viajasse ou quanto tempo passasse, esse lugar e essas pessoas sempre seriam seu ancoradouro, seu verão infinito.

Summer's Essence

A essência do verão

The first day of summer break always held a special magic for Leo. School was behind him, at least for a few months, and ahead lay endless days of freedom and adventure. Leo had been planning for weeks, and his agenda was a canvas of potential: hiking trips, bike rides, long afternoons at the local pool, and countless hours spent with friends.

O primeiro dia das férias de verão sempre guardava uma magia especial para Léo. A escola estava para trás, pelo menos por alguns meses, e à frente estavam dias intermináveis de liberdade e aventura. Léo havia planejado por semanas, e sua agenda tinha muito potencial: caminhadas, passeios de bicicleta, tardes longas na piscina local e inúmeras horas com amigos.

Leo's first stop was the community center, where he signed up for the summer basketball league. The gym was buzzing with energy as kids of all ages swarmed in to join their respective teams. Leo loved the feeling of the ball in his hands, the squeak of sneakers on the polished floor, and the thrill of the game. This was where he felt most alive, weaving through defenders and shooting for the hoop, cheered on by friends and onlookers.

A primeira parada de Léo foi o centro comunitário, onde ele se inscreveu na liga de basquete de verão. O ginásio estava zumbindo de energia enquanto crianças de todas as idades se aglomeravam para se juntar às suas respectivas equipes. Léo amava a sensação da bola em suas mãos, o chiado dos tênis no piso polido e a emoção do jogo. Aqui ele se sentia mais vivo, ziguezagueando entre os defensores e arremessando para a cesta, aplaudido por amigos e espectadores.

After the game, Leo and his friends biked to the lake on the edge of town. The lake was their summer haven, a place to swim and laze around under the sun. They spent the afternoon diving off the dock and challenging each other to swimming races. laughter and the sounds of splashing water and distant bird calls was all you could hear. It was pure, unadulterated joy, the kind that made Leo wish he could stop time and live in this moment forever.

Após o jogo, Léo e seus amigos pedalaram até o lago na beira da cidade. O lago era o refúgio de verão deles, um lugar para nadar e relaxar ao sol. Eles passaram a tarde mergulhando do cais e desafiando uns aos outros em corridas de natação. risadas e os sons de água espirrando e o cantarolar de pássaros distantes era tudo o que você podia ouvir. Era alegria pura, do tipo que fazia Léo desejar poder parar o tempo e viver nesse momento para sempre.

As the sun began to set, casting a golden glow over the water, they gathered around a bonfire they had built on the shore. They roasted marshmallows and shared stories, the flames flickering and casting shadows on their faces. This was what summer was all about—freedom, friends, and the making of memories that would last a lifetime.

À medida que o sol começava a se pôr, lançando um brilho dourado sobre a água, eles se reuniram em torno de uma fogueira que haviam construído na margem. Eles assaram marshmallows e compartilharam histórias, as chamas tremeluzindo e projetando sombras em seus rostos. Isso era o que o verão significava — liberdade, amigos e a criação de memórias que durariam uma vida inteira.

Summer on the Farm

Verão na fazenda

Summer break brought a different kind of routine for twelve-year-old Jake. Instead of school buses and textbooks, his days began with the crowing of the rooster at his family's farm. This year, more than ever, Jake was eager to help his dad with the daily chores. He didn't have to do it, his father always told him he should be enjoying some time with friends or studying, but there was something about working alongside his father, learning the rhythms of the land, that made Jake feel more mature, more vital.

As férias de verão trouxeram uma rotina diferente para Jake, de doze anos. Em vez de ônibus escolares e livros didáticos, seus dias começavam com o canto do galo na fazenda de sua família.

Este ano, mais do que nunca, Jake estava ansioso para ajudar seu pai nas tarefas diárias. Ele não precisava fazer isso, seu pai sempre lhe dizia que ele deveria estar aproveitando um tempo com amigos ou estudando, mas havia algo em trabalhar ao lado de seu pai, aprendendo os ritmos da terra, que fazia Jake se sentir mais maduro, mais vital.

Each morning, they started by tending

to the animals. Jake took pride in feeding the chickens and milking the cows, his hands becoming more skilled with the buckets each day. His father watched over him with a quiet, approving nod, teaching Jake how to repair a fence or coax a reluctant tractor back to life. The heat of the sun beat down on them, but Jake hardly noticed; he was too absorbed in his tasks.

Cada manhã, eles começavam

cuidando dos animais. Jake se orgulhava de alimentar as galinhas e ordenhar as vacas, suas mãos se tornando mais habilidosas com os baldes a cada dia. Seu pai o observava com um aceno de aprovação silencioso, ensinando Jake a consertar uma cerca ou a convencer um trator relutante a voltar à vida. O calor do sol batia neles, mas Jake mal notava; ele estava muito absorto em suas tarefas.

The afternoons were spent in the fields, where the real challenge began. Together, they checked the crops—corn, wheat, and soybeans—discussing when to harvest and how to handle pests. Jake's dad explained soil quality and crop rotation, lessons that Jake absorbed eagerly. These were secrets handed down from generation to generation, and Jake felt honored to be part of this timeless tradition. His dad wouldn't let him join on harder work like harvesting or sowing, but he was always willing to pass down knowledge.

As tardes eram passadas nos campos, onde o verdadeiro desafio começava. Juntos, eles checavam as colheitas — milho, trigo e soja — discutindo quando colher e como lidar com as pragas. O pai de Jake explicava sobre a qualidade do solo e a rotação de plantio, lições que Jake absorvia avidamente. Esses eram segredos passados de geração em geração, e Jake se sentia honrado em fazer parte dessa tradição atemporal. Seu pai não o deixava participar de trabalhos mais pesados como colher e semear, mas estava sempre disposto a passar conhecimento.

As the sun set, casting long shadows over the farm, Jake and his dad would sit on the porch, sipping lemonade and talking about the day.

These moments were Jake's favorite, a time when he felt closest to his father, connected by the day's labor and the land stretching out around them. It was during these talks that Jake realized he wasn't just helping his dad; he was becoming part of something larger than himself—a steward of the earth, rooted in family and tradition. Summer on the farm wasn't just a break from school; it was life's classroom, and Jake was a devoted student.

À medida que o sol se punha, lançando longas sombras sobre a fazenda, Jake e seu pai se sentavam na varanda, saboreando limonada e falando sobre o dia. Esses momentos eram os favoritos de Jake, um tempo em que ele se sentia mais próximo de seu pai, conectado pelo trabalho do dia e pela terra se estendendo ao redor deles. Foi durante essas conversas que Jake percebeu que não estava apenas ajudando seu pai; ele estava se tornando parte de algo maior do que ele mesmo — um guardião da terra, enraizado na família e na tradição. O verão na fazenda não era apenas uma pausa da escola; era a sala de aula da vida, e Jake era um aluno dedicado.

The Old Lighthouse

O Velho Farol

In a small seaside town, there was an old lighthouse that hadn't shone its light in many years. Marcus loved the spooky story about the ghost of the lighthouse keeper. One summer night, he and his friends decided to prove their bravery by spending the night at the lighthouse.

Em uma pequena cidade costeira, havia um velho farol que não acendia sua luz há muitos anos. Marcus adorava a história assustadora sobre o fantasma do guardião do farol. Numa noite de verão, ele e seus amigos decidiram provar sua coragem passando a noite no farol.

They climbed up the tall staircase to the top of the lighthouse with their flashlights and blankets, ready for an adventure. As night fell, the wind outside made eerie sounds, and the ocean waves could be heard crashing against the shore. Sitting in a circle, they started telling each other stories about sailors and strange lights on the sea that people had seen from the beach.

Eles subiram a alta escada até o topo do farol com suas lanternas e cobertores, prontos para uma aventura. À medida que a noite caía, o vento lá fora fazia sons inquietantes e era possível ouvir as ondas do mar batendo contra a costa. Sentados em círculo, começaram a contar histórias sobre marinheiros e luzes estranhas no mar que as pessoas tinham visto da praia.

Suddenly, at midnight, a bright light flashed in the room. It was the lighthouse's beacon, lighting up for the first time in many years! At first, they were scared and thought it was the ghost, but then they saw the caretaker at the door. He was smiling and told them he was just checking if the old lighthouse light still worked.

De repente, à meia-noite, uma luz brilhante iluminou a sala. Era a lanterna do farol, acendendo pela primeira vez em muitos anos! A princípio, ficaram assustados e pensaram que era o fantasma, mas depois viram o zelador na porta.

Ele estava sorrindo e disse-lhes que estava apenas verificando se a velha luz do farol ainda funcionava.

They all laughed about it and felt really brave for staying the whole night. The trip had brought them together, and they would always remember the night they spent in the lighthouse and their crazy adventure.

Todos riram disso e se sentiram muito corajosos por terem passado a noite toda ali. A viagem os uniu e sempre lembrariam da noite que passaram no farol e de sua louca aventura.

Party in the Garden

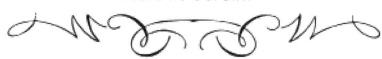

Festa no Jardim

In a busy city, there was a small park that nobody seemed to remember anymore. That changed when a group of neighborhood kids, led by a lively girl named Eliza, found it and decided to make it beautiful again. They came up with a fun idea: a secret garden contest!

Numa cidade movimentada, havia um pequeno parque que ninguém parecia lembrar mais. Isso mudou quando um grupo de crianças do bairro, liderado por uma garota animada chamada Eliza, o encontrou e decidiu embelezá-lo novamente. Eles tiveram uma ideia divertida: um concurso de jardim secreto!

Each child picked a different part of the park to plant things in. Some chose wildflowers, others planted herbs, and a few even tried growing vegetables. They gathered at the park every weekend, swapping gardening tips and sharing stories, while waiting for their seeds to grow into beautiful plants and flowers.

Cada criança escolheu uma parte diferente do parque para plantar coisas. Alguns escolheram flores silvestres, outros plantaram ervas e alguns até tentaram cultivar vegetais. Eles se reuniam no parque todo fim de semana, trocando dicas de jardinagem e compartilhando histórias, enquanto esperavam que suas sementes crescessem em lindas plantas e flores.

Eliza planted tomatoes, but they never grew. She found some books that spoke about gardening and found out tomatoes didn't grow in her area and especially not in that season. She was saddened that her plants would never grow, and went back to the park to tell that sad news to her friends.

Eliza plantou tomates, mas eles nunca cresceram. Ela encontrou alguns livros que falavam sobre jardinagem e descobriu que os tomates não cresciam em sua área e especialmente não naquela estação. Ela ficou triste porque suas plantas nunca cresceriam e voltou ao parque para contar essa triste notícia aos seus amigos.

But as she got there, she found out almost all of her friends also plantes things that could not grow properly on those conditions, and they decided to restart the contest, this time with more knowledge.

Mas quando chegou lá, descobriu que quase todos os seus amigos também haviam plantado coisas que não podiam crescer adequadamente naquelas condições, e decidiram reiniciar o concurso, desta vez com mais conhecimento.

As time passed, all the plants started to grow, and the park started to look really special. It wasn't just a place to play anymore—it became a lovely spot in the neighborhood where people could relax and enjoy nature.

À medida que o tempo passava, todas as plantas começaram a

crescer e o parque começou a ficar realmente especial. Já não era apenas um lugar para brincar; tornou-se um lugar encantador no bairro onde as pessoas podiam relaxar e desfrutar da natureza.

At the end of the summer, the kids threw a big garden party to show off their hard work. They invited their families and friends to come see how the forgotten park had turned into a thriving green space. It was a perfect day, and the park continued to be a bright and happy place in the heart of the city, all thanks to the children and their wonderful garden contest.

No final do verão, as crianças organizaram uma grande festa no jardim para mostrar seu trabalho árduo. Convidaram suas famílias e amigos para ver como o parque esquecido se transformou em um espaço verde próspero. Foi um dia perfeito, e o parque continuou sendo um lugar brilhante e feliz no coração da cidade, tudo graças às crianças e seu maravilhoso concurso de jardins.

Do you have a Summer Story?
Write it below!

Thank you for learning with us!

doodles &safari

Choosing to teach your child at home can sometimes be a difficult decision for the family financially.

If you know a family in need that would love this book, please send me an email.

I will send you a PDF of this book with no questions asked.

doodlesafari@gmail.com

Made in United States
Orlando, FL
11 September 2024

51397397R00064